孙子兵法

第三十三册

上海人民美术出版社
浙江人民美术出版社

目 录

九地篇 · 第三十三册

九地篇

原文

孙子曰：用兵之法，有散地，有轻地，有争地，有交地，有衢地，有重地，有圮地，有围地，有死地。诸侯自战其地者，为散地。入人之地而不深者，为轻地。我得则利，彼得亦利者，为争地。我可以往，彼可以来者，为交地。诸侯之地三属，先至而得天下之众者，为衢地。入人之地深，背城邑多者，为重地。山林、险阻、沮泽，凡难行之道者，为圮地。所由入者隘，所从归者迂，彼寡可以击吾之众者，为围地。疾战则存，不疾战则亡者，为死地。是故散地则无战，轻地则无止，争地则无攻，交地则无绝，衢地则合交，重地则掠，圮地则行，围地则谋，死地则战。

所谓古之善用兵者，能使敌人前后不相及，众寡不相恃，贵贱不相救，上下不相收，卒离而不集，兵合而不齐。合于利而动，不合于利而止。敢问："敌众以整，将来，待之若何？"曰："先夺其所爱，则听矣。"兵之情主速，乘人之不及，由不虞之道，攻其所不戒也。

凡为客之道，深入则专，主人不克；掠于饶野，三军足食。谨养而勿劳，并气积力；运兵计谋，为不可测。投之无所往，死且不北。死，焉不得士人尽力。兵士甚陷则不惧，无所往则固，入深则拘，不得已则斗。是故不修而戒，不求而得，不约而亲，不令而信；禁祥去疑，至死无所之。吾士无余财，非恶货也；无余命，非恶寿也。令发之日，士坐者涕沾襟，卧者涕交颐，投之无所往者，诸刿之勇也。

故善用兵者，譬如率然；率然者，恒山之蛇也。击其首则尾至，击其尾则首至，击其中则首尾俱至。敢问：兵可使如率然乎？曰：可。夫吴人与越人相恶也，当其同舟而济，其相救也，如左右手。是故方马埋轮，未足恃也；齐勇若一，政之道也；刚柔皆得，地之理也。故善用兵者，携手若使一人，不得已也。

将军之事，静以幽，正以治。能愚士卒之耳目，使民无知；易其事，革其谋，使民无识；易其居，迂其途，使民不得虑。帅与之期，如登高而去其梯；帅与之深入诸侯之地，而发其机；若驱群羊，驱而往，驱而来，莫知所之。聚三军之众，投之于险，此谓将军之事也。九地之变，屈伸之利，人情之理，不可不察也。

凡为客之道，深则专，浅则散。去国越境而师者，绝地也；四彻者，衢地也；入深者，重地也；入浅者，轻地也；背固前隘者，围地也；无所往者，死地也。是故散地，吾将一其志；轻地，吾将使之属；争地，吾将趋其后；交地，吾将谨其守；衢地，吾将固其结；重地，吾将继其食；圮地，吾将进其途；围地，吾将塞其阙；死地，吾将示之以不活。故兵之情：围则御，不得已则斗，过则从。

是故不知诸侯之谋者，不能预交；不知山林、险阻、沮泽之形者，不能行军；不用乡导者，不能得地利。四五者，一不知，非王霸之兵也。夫王霸之兵，伐大国，则其众不得聚；威加于敌，则其交不得合。是故不争天下之交，不养天下之权，信己之私，威加于敌，故其城可拔，其国可隳。施无法之赏，悬无政之令，犯三军之众，若使一人。犯之以事，勿告以言；犯之以害，勿告以利。投之亡地然后存；陷之死地然后生。夫众陷于害，然后能为胜败。

故为兵之事，在于顺详敌之意，并敌一向，千里杀将，是谓巧能成事者也。

是故，政举之日，夷关折符，无通其使，厉于廊庙之上，以诛其事。敌人开阖，必亟入之。先其所爱，微与之期。践墨随敌，以决战事。是故，始如处女，敌人开户；后如脱兔，敌不及拒。

译文

孙子说：按照用兵的原则，兵要地理可分为散地、轻地、争地、交地、衢地、重地、圮地、围地、死地。诸侯在本国境内作战的地区，叫做散地。在敌国浅近纵深作战的地区，叫做轻地。我军得到有利，敌军得到也有利的地区，叫做争地。我军可以往，敌军也可以来的地区，叫做交地。多国交界的地区，先到就可以得到诸侯列国援助的地区，叫做衢地。深入敌境，背靠敌人众多城邑的地区，叫做重地。山岭、森林、险阻、沼泽等难于通行的地区，叫做圮地。进军的道路狭隘，退归的道路迂远，敌军能够以少击多的地区，叫做围地。迅速奋勇作战就能生存，不迅速奋勇作战就会全军覆灭的地区，叫做死地。因此在散地，不宜作战；在轻地，不宜停留；遇争地，不要贸然进攻；逢交地，应部署相连，勿失联络；在衢地，则应结交诸侯；深入重地，就要掠取粮秣；遇到圮地，就要迅速通过；陷入围地，就要运谋设计；到了死地，就要奋勇作战，死里求生。

古时善于指挥作战的人，能使敌人前后部队不相策应，主力和小部队不相依靠，官兵不相救援，上下建制失去联络，士卒溃散难以集中，对阵交战阵形也不整齐。在这种情况下，对我有利就打，对我无利就停止行动。请问：“假如敌军人数众多且又阵势严整地向我前进，用什么办法对付它呢？”回答是：“先夺取敌人最关键的有利条件，就能使它不得不听从我的摆布了。”用兵之理，贵在神速，乘敌人措手不及的时机，走敌人意料不到的道路，攻击敌人没有戒备的地方。

大凡对敌国采取进攻作战，其规律是，越深入敌境，军心士气越牢固，敌人越不能战胜我军。在丰饶的田野上掠取粮草，全军就有足够的给养；注意休整部队，不使过于疲劳，增强士气，养精蓄锐；部署兵力，巧设计谋，使敌人无法判断我军企图。把部队置于无路可走的绝境，士兵虽死也不会败退。既然士卒肯宁死不退，怎么能得不到上下尽力而战呢？士卒深陷危险的境地，就不恐惧，无路可走，军心就会稳固；深入敌国，军队就不会涣散。处于这种迫不得已情况，军队就会奋起战斗。因此，不须整饬，就能注意戒备；不须强求，就能完成任务；不须约束，就能亲附协力；不待申令，就会遵守纪律。禁止迷信，消除部属的疑虑，他们至死也不会退避。我军士兵没有多余的钱财，并不是不爱财物；不贪生怕死，也不是不想长命。当作战命令颁发的时候，士兵们坐着的泪湿衣襟，躺着的泪流满面。把他们投到无路可走的绝地，就会像专诸和曹刿一样的勇敢了。

善于统率部队的人，能使部队像率然蛇。“率然”是恒山地方的一种蛇。打它的头，尾就来救应；打它的尾，头就来救应；打它的腰，头尾都来救应。请问：“那么可以使军队像‘率然’一样吗？”回答是：“可以。”你看那吴国人和越国人是相互仇恨的，但当他们同舟渡河时，他们互相救援就像一个人的左右手。因此，想用缚住马缰、深埋车轮，显示死战的决心来稳定部队，那是靠不住的。要使部队上下齐力同勇如一人，在于管理教育有方。要使强弱不同的士卒都能发挥作用，在于地形利用的适宜。所以善于用兵的人，能使全军携起手来像一个人一样，这是因为客观形势迫使部队不得不这样。

主持军事之事，要做到考虑谋略冷静而幽邃，管理部队严正而条理。要能蒙蔽士卒的视听，使他们对于军事行动毫无所知。变更作战部署，改变原定计划，使人们无法识破机关。经常改换驻地，故意迂回行进，使人们推测不出意图。主帅赋予部属任务，断其归路，这就像登高而抽去梯子一样；将帅令士卒深入诸侯国内，就像击发弩机射出的箭矢一般勇往直前。对士卒如同驱赶羊群，赶过去，赶过来，他们不知要到哪里去。聚集全军，置于险境，这就是统率军队的要务。九种地形的不同处置，攻防进退的利害得失，官兵上下的不同心理状态，这些都是将帅不能不认真研究和周密考察的。

进攻作战规律是：进入敌国纵深越深，军心就愈是稳定巩固；进入敌国纵深越浅，军心就越容易懈怠涣散。离开本国进入敌境作战的地区就是绝地，四通八达的地区就是衢地，深入敌国纵深的地区就是重地，进入敌国浅近纵深的地区就是轻地，背有险固前阻隘路的地区就是围地，无处可走的地区就是死地。因此，在散地上，要统一军队意志；在轻地上，要使营阵紧密相联；在争地上，就要使后续部队迅速跟进；在交地上，就要谨慎防守；在衢地上，就要巩固与邻国的结盟；入重地，就要补充军粮；经圮地，就要迅速通过；陷入围地，就要堵塞缺口；到了死地，就要显示死战的决心，殊死战斗。所以，士卒的心理状态是：被包围就会竭力抵抗，形势险恶、迫不得已就会拼死战斗，深陷危境就会听从指挥。

不了解诸侯各国的战略动向，就不要预先与之结交；不熟悉山林、险阻、湖沼等地形，就不能行军；不使用向导，就不能得到地利。这几方面，有一方面不了解，都不能成为王霸的军队。凡是王霸的军队，进攻大国就能使敌方的军民来不及动员集中；兵威加在敌人头上，就能使它的盟国不能配合策应。因此，不必争着同天下诸侯结交，也不必在各诸侯国培植自己的势力，只要伸展自己的战略意图，把威力加在敌人头上，就可以拔取敌人的城邑，毁灭敌人的国都。施行超越惯例的奖赏，颁布打破常规的号令，指挥全军就如同指挥一个人一样。赋予作战任务，但不说明谋略意图；赋予危险任务，但不指明有利条件。把士卒投入危地，才能转危为安；陷士卒于死地，才能转死为生。军队陷入危境，然后才能夺取胜利。

所以，指导战争这种事，在于谨慎地考察敌人的战略意图，集中兵力于主攻方向，千里奔袭，斩杀其将，这就是所谓巧妙用兵实现克敌制胜的目的。

因此，决定战争行动的时候，就要封锁关口，销毁通行符证，不许敌国使者往来；在庙堂秘密谋划，作出战略决策。敌方一旦出现间隙，就要迅速乘机而入。首先夺敌战略要地，但不要轻易约期决战。因敌变化，灵活决定自己的作战行动。因此，战争开始之前要像处女那样沉静，诱使敌人松懈戒备，暴露弱点；战争展开之后，要像脱逃的野兔一样迅速行动，使敌人措手不及，无暇抵抗。

内容提要

本篇从战略地理学的高度，全面论述了军队在九种不同战略地形下进行突袭作战的指导原则。特别强调要根据官兵在不同作战区域所具有的心理状态，来制定切合实际的战略战术，确保在战略进攻中实施突然袭击以取得成功。

首先，孙子从战略态势上，概括了九种不同作战地区的基本特点，论证了它们对官兵心理状态的影响，并提出具体灵活的应变措施，以在突袭作战中充分发挥军队战斗力。

第二，孙子推崇战略突袭，提倡深入敌国进行作战，认为这样做具有使士兵听从指挥、努力作战，就地解决军队给养，士兵无所畏惧等诸多优点。

第三，孙子将其基本作战指导原则贯彻到自己的突袭理论之中，强调在实施战略突袭行动时，要善于利用敌之弱点，避实击虚，迅速行动，集中兵力，争取主动。

第四，孙子结合战略突袭行动的特点，提出了一些具有一定进步意义的治军主张，如强调政令严明，禁止迷信谣言，重视保持军队的团结等。

当然，孙子作为两千多年前的封建地主阶级军事家，其某些主张也不可否认带有历史局限性，如本篇中的“愚兵”观点。这是我们在今天要注意鉴别的。

战 例

方腊退守散地遭失败

编文：杨坚康

绘画：黄小金 王 蕙 静 兰

原　文　散地则无战。

译　文　在散地，不宜作战。

1．北宋宣和年间，徽宗昏庸，朝政被当时称为六贼的蔡京、朱勔、王黼及宦官李彦、童贯、梁师成等人把持。他们贪污受贿，党羽满朝。于是政治腐败，兵祸不断，内忧外患，民不聊生。

2. 朱勔等佞臣为了谄媚徽宗皇帝，还一再到江浙一带搜刮奇花异石，征用民夫、车船，编成组，成批运往京城。逼得百姓家破人亡，走投无路。

3. 宣和二年（公元1120年）十月，在青溪县（今浙江淳安）帮源洞，有个在大地主家当雇工的方腊，利用当地流行的秘密宗教组织——明教，串联乡亲，发动起义。

4. 方腊的义旗刚举，四方百姓就纷纷响应，仅十几天时间，起义军就扩大到数万人。方腊自称圣公，建年号为永乐，设官吏、将帅，并将士兵分为六等，以巾饰为别，声势颇壮。

5. 两浙都监蔡遵、颜坦以为乱民不堪一击，亲率五千官兵前来镇压。方腊巧设伏兵，一举围歼全部官兵。第二天，乘胜攻下青溪县城。

6. 十二月初，义军攻下睦州城（今浙江建德），然后迅速扩大战果，分兵攻取睦州所辖的寿昌、分水、桐庐、遂安等县。

7．接着义军兵分两路：一路由方腊的妹妹方百花等率领，作为攻杭州的先遣部队；一路由方腊亲自率领，挥戈西向，进攻歙州（今安徽歙县）。

8．歙州是宋朝东南军事重镇，方腊与宋官军东南将郭师中展开血战。十二月二十日，郭师中战死。

9. 歙州大捷，义军声名大震，婺源、绩溪、祁门、黟县等地的官吏闻风丧胆，纷纷弃城逃命。

10. 方腊率主力回师东线，攻陷富阳、新城（今富阳西南）。十二月二十九日，方腊率大军抵达杭州，会合先头部队，部署攻城。

11. 方腊设疑兵从钱塘江顺流而下，把官军吸引到沿江两岸，另派主力从山道直攻涌金门。

12. 两浙制置使陈建和廉访使赵约负隅顽抗。方百花架梯攻城，不幸中箭身亡。

13. 方腊怒不可遏，指挥义军一鼓作气攻下杭州。陈建、赵约被迫自缚请降，被义愤填膺的义军乱刀砍死。

14. 方腊攻克杭州，东南大震。各地的起义农民纷纷打起方腊的旗号，参加起义的太学生吕将向方腊建议，趁金陵（今江苏南京）防务空虚直捣金陵，传檄天下东南各地，扼守长江，建立东南基地。

15. 谋士陈箍桶也提出先据金陵，然后长驱渡江，推翻宋朝。方腊则认为宋朝腐朽已极，官军不可能很快到达，可以从容地夺取江南，只派大将方七佛率部北进，围攻秀州（治所在今浙江嘉兴），自己挥师南下进攻婺州（治所在今浙江金华）。

16. 这时，宋王朝确实惧怕方腊占据金陵，凭借长江天险与宋廷抗衡。于是，急派谭稹为两浙制置使，童贯为江、淮、荆、浙宣抚使，率军十五万南下围剿方腊。

17．宋军渡过长江，分兵把守金陵、镇江，然后兵分两路：东路增援秀州，西路南下歙州，准备分进合击农民军。

18. 方七佛久攻秀州不下，宋援军已到。农民军腹背受敌，血战突围，且战且走，原六万人的队伍最后只剩二万多人。

19. 宣和三年（公元1121年）正月，方腊大军虽已攻下婺州、衢州和处州（治所在今浙江丽水），但宋步军都虞侯王禀却乘机占领了杭州。

20. 三月初，方腊率军再攻杭州，在城外与王禀部展开激战，最后兵败，不得不向南退却。

21．不久，睦州被官军攻陷，谭稹、童贯率军水陆并进，向义军扑来。方腊被敌军的声势所迷惑，焚烧官舍、府库，退回青溪。

22. 宋军攻入义军家乡后，到处搜捕义军首领家属，威胁利诱义军首领投降。怀土恋家、瞻前顾后、意志不坚的义军将士缪二大王和方腊手下的得力大将洪载相继投降官军。

23. 洪载所率领的几十万义军全部溃散，使正在南攻信州（今江西上饶）的义军失利。义军失去了南下和西撤的可能，也使在青溪围剿方腊的宋军免除了后顾之忧。

24．当时在帮源洞一带尚有义军二十余万，与官军激烈交锋后，七万余士兵壮烈牺牲，其余溃散。方腊只率少数部众退入秘密洞窟。

25. 官军在熟悉地形的当地人带领下，围攻义军余部，方腊等五十二人终于被捕。

26. 八月二十四日，方腊在汴京（今河南开封）就义。方腊起义先后占据六州五十二县，义军曾发展到百万人以上。其失败的原因虽多，但在关键时刻不能驾驭全局，反而退守散地，是失败的主要原因。

战例

孙权轻地无止破皖城

编文：兵　者

绘画：徐有武　徐有文　楼彩娥

原　文　轻地则无止。

译　文　在轻地，不宜停留。

1．东汉建安十四年（公元209年）冬，曹操军在江陵屡战不利，损失甚大，被迫北撤。孙权控制了长江中下游。刘备乘机攻取了荆州所辖的江南四郡，开始有了立足之地。于是三国鼎立的局面初步形成。

2. 此后曹、孙、刘三家便暂停战火，各谋发展实力，扩大地盘，以期最终消灭其余二方。刘备处心积虑欲西取益州，只等时机一到便下手。

3. 曹操有鉴于孙、刘一时难以消灭，自己的后方又因长期战争而民生凋敝，便致力于恢复生产，增强国力，同时转而经营西北，向汉中、巴蜀扩张势力。对孙、刘采取战略防御的策略，在江淮一带相机屯田养兵。

4. 孙权则雄心勃勃，眼看北方的威胁暂时消除，便积极向南方扩张，在建安十五年（公元210年）将交州（今广东广西一带）全部占领。

5. 与此同时，孙权一直在西北面等待机会寻隙出兵，图谋进占襄、樊，西取巴蜀。

6．建安十九年（公元214年）五月，长江一带雨水充沛，大河涨小河满，给吴军的战船出击提供了有利条件。

7. 偏将军吕蒙向孙权建议说：“近来曹操派庐江太守朱光在江北皖城（今安徽潜山）屯田，大种水稻。皖田肥沃高产，若任其收获，其屯兵数必定增加，如此数年，就会形成对我军的威胁，宜尽早除之。”

8. 孙权于是在闰五月率军乘船由长江入皖水，亲征皖城。

9. 考虑到皖城是曹魏靠近吴国的边境小城，属于军事上的轻地，不宜久留，因此一到皖城，孙权便召集诸将询问攻城之策。

10. 诸将七嘴八舌，大都劝孙权在城外堆土山，准备攻城器械，待一切安排妥当后再攻城。

11．吕蒙说："若堆土山，造攻具，必然旷日持久。如此皖城必巩固城防，增加援兵，那时就难攻取了。何况我们是乘雨季从水路袭其边地，若滞留到河水干涸时，不仅还军的道路艰难，将士亦恐怠惰离心，为臣对此实在担心。

12. “而这个皖城，目前的城防想必不会很坚固，以我们三军之锐气，四面同时攻城，定能一鼓作气把它攻下。这样及时赶在雨季结束之前从水路回师，免得在敌国边境之地多作停留，这才是全胜之策！”孙权点头称善。

13. 于是吕蒙推荐西陵太守甘宁为升城督，在前面冲锋，吕蒙率精锐部队紧紧跟上。

14. 甘宁身先士卒，攀城而上，吕蒙手持鼓槌，擂鼓督战。士兵们斗志昂扬，纷纷攀登城墙，杀上城去。

15. 曹操得悉吴军进攻皖城，立即派遣部将张辽率军前往救援。

16. 吴军从凌晨开始攻城，到吃饭时便已攻下皖城，俘获太守朱光及城中百姓数万人。

17. 张辽急行军到夹石（今安徽桐城北），听说皖城已被攻陷，只好撤军回去。

18. 孙权为嘉奖吕蒙献策之功，任命他为庐江太守。

战例

长孙稚不攻争地平关中

编文：甘礼乐 刘辉良

绘画：陈运星 闽南树
闽南水 夏 伟

原　文　争地则无攻。

译　文　遇争地，不要贸然进攻。

1. 南北朝梁武帝大通元年（公元527年）冬，北魏西讨大都督兼雍州刺史萧宝寅拥兵叛魏，据有关中，自称齐帝，改元隆绪，在长安设置百官，大赦境内。

2. 继萧宝寅之后，河东豪族薛修义、薛凤贤起兵反魏。他们占据盐池（今山西运城东南），围攻蒲坂（今山西永济蒲州镇），策应萧宝寅。

3. 蒲坂临近黄河弯曲处，有风陵（今称风陵渡）隔河与潼关相对，是河东通往关中的要冲。萧宝寅有二薛响应，进据潼关天险，对北魏构成巨大威胁。

4. 北魏朝廷命尚书仆射长孙稚为行台统帅，往讨萧宝寅；诏令都督宗正珍孙往讨二薛。

5. 长孙稚率军抵达恒农（今河南灵宝北故函谷关城），探知萧宝寅派兵围攻冯翊（今陕西大荔）尚未攻破，即与将佐商议对策。

6. 行台左丞杨侃献计说："想当年魏武帝曹操与韩遂、马超在潼关相持，按说韩遂、马超的才能远不如曹操，然而两军相抗久未决出胜负，就是因为韩遂、马超据有形势险要、历来为兵家必争之地的潼关的缘故。

7. “现今萧宝寅部众占据潼关，守御已固，即使魏武帝曹操复生，恐怕还是奈何不了他。依我之见，不如先救蒲坂，然后渡河（黄河）而西，直捣萧军腹心，那么冯翊便可解围，就是潼关贼众，也有后顾之忧，必当撤离。

8. “枝节既解，长安自可轻取。”杨侃接着又表示，“若以为愚计可行，愿效前驱。”

9. 长孙稚仍有顾虑："此计虽好，但我不久前听说宗正珍孙往讨二薛，军至虞坂（今山西平陆东），竟不能前进，我军如何可往？"

10. 杨侃微微笑道："宗正珍孙本是行阵小卒，因偶然的机遇得为将领，怎知行军？二薛乌合之众，只能欺吓珍孙。"长孙稚依从侃言，遣长子长孙子彦随同杨侃进军。

11. 长孙子彦、杨侃带领骑兵从恒农北渡黄河，进据石锥壁（今山西永济虞乡镇东），派人四出传告："大军立即开到，百姓速自回村，待官军燃起烽火，各村也当举火相应。否则定为不愿投降的叛党，格杀不论。"

12. 远近村民听了此言，辗转相告。等到官军燃起烽火之夜，就是没有真正投降的村民也假意跟着举烽相应，数百里火光遍地而起。

13. 围攻蒲坂城的薛军士兵遥见烽火齐红，以为家乡全被官军占领，不觉大惊，纷纷逃散。

14. 薛修义、薛凤贤约束不住部下，转眼只剩几座空营，只得向官军投降。

15. 杨侃、长孙子彦乘胜率领北魏大军由蒲坂西渡黄河，兵锋直指冯翊。围攻冯翊的叛军不战自溃。

16. 盘踞潼关的萧宝寅部下，听说北魏军从侧后包抄而来，也都惶恐不安，相率逃遁。杨侃立即飞报行台，促请大军出击。

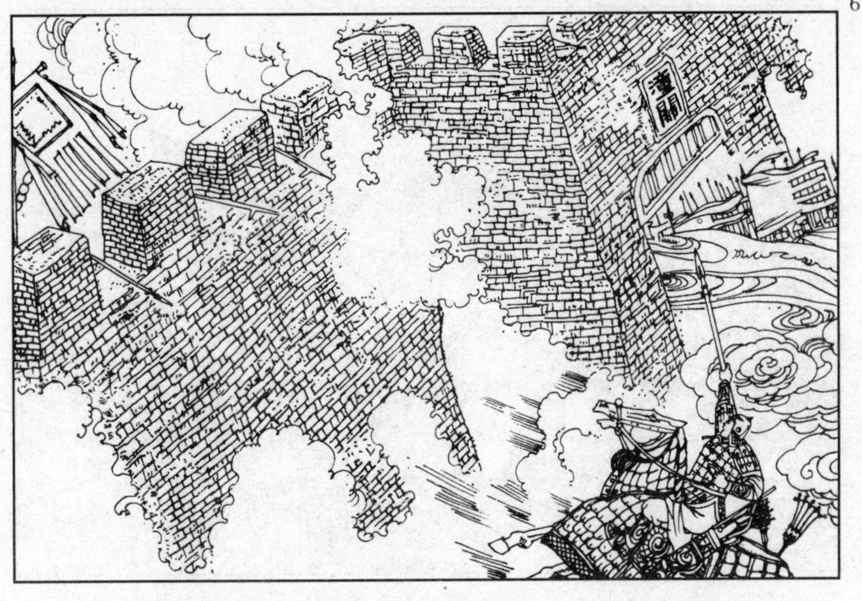

17. 长孙稚闻报，即率大军轻而易举地攻入潼关，与杨侃会师。

18. 杨侃继续挥师西进，直逼长安。萧宝寅遣部将郭子恢截击，连战皆败，节节后退。

19．萧宝寅部将侯终德眼见郭子恢受挫，这时也叛离萧宝寅，还军长安。

20. 萧宝寅见侯终德突然回军，发觉来者不善，乃是倒戈叛变，连忙命令部属迎战。

21. 无奈军无斗志，未战先溃，慌得萧宝寅赶紧驱骑奔回长安城中。

22. 眼看大势已去，萧宝寅带领妻儿亲随弃城出逃，奔走他方，关中地区遂告平定。长孙稚面对争地潼关而不贸然强攻，最后轻取关中，这一成功的战例，成为后人借鉴与效法的典范。

战例

李定国抢占交地战桂林

编文：翟蜀成

绘画：盛元龙 励 钊

原　文　交地则无绝。

译　文　逢交地，应部署相连，勿失联络。

1. 明末农民起义军大西军首领张献忠牺牲后，大西军余部就在李定国等大将的率领下由四川向南转移，攻克贵阳、昆明等地，逐步形成以云南、贵州为中心的抗清根据地。

2. 清顺治九年（公元1652年）春，大西军分路出兵，向清兵发动大反攻。李定国和冯双礼率军八万东征湖广。

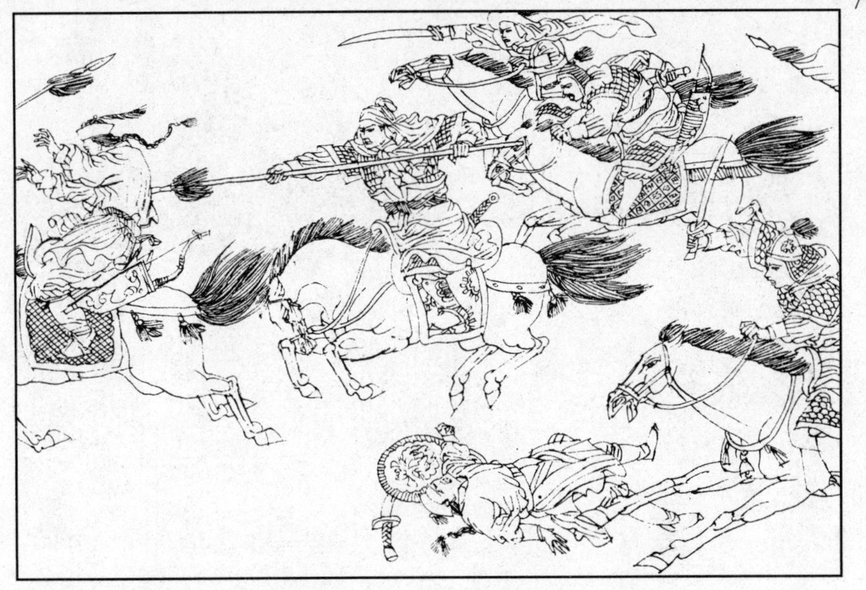

3. 东征军连克沅州（今湖南芷江）、靖州（今湖南靖县），击毙清军总兵杨国勋，清军主将沈永忠退守湘潭。

4. 李定国驻军于靖州以东的武冈。当他得悉桂林防务空虚之后，便决定乘胜南下，首先消灭坐镇桂林的清军大将定南王孔有德。桂林战役由此揭开序幕。

5. 当时，孔有德在桂林东北、靠近湖南的全州派有重兵驻守，而全州与桂林之间的“交地”——严关（今广西兴安西南）却无兵力部署。李定国遂命西胜营张胜率领精兵取捷径抢占严关，以防两地清兵互相联络，互为策应。

6. 张胜带领人马出发后，李定国即令冯双礼军先行，自以大军继进，率先合击全州清兵。

7. 冯双礼军至驿湖，和万余清军遭遇。冯双礼挥军掩杀，斩清军骁将李回，清军溃退。冯双礼乘胜进围全州。

8．李定国闻报驿湖告捷，便令冯双礼暂时围城不攻，等他到来，以防全州之敌突围窜向桂林，加强桂林守军的力量。

9. 命令尚未传到，冯双礼已攻克全州。李定国即与冯双礼会师杀奔桂林。

10. 孔有德在闻报驿湖清军兵败后，立即派兵迎战，谁知到了严关，清军均临阵解甲投降张胜，这样重复三四次，孔有德手下几乎无将可派。

11．孔有德大怒，亲自率军来夺严关。张胜出兵十里与清军大战。天色渐晚，孔有德方才撤兵退走。

12. 第二天，孔有德又率军到关前挑战。这时，李定国和冯双礼已率军到达严关。三路大军会合在一起，在关下与孔有德展开激战。

13. 李定国曾经从缅甸等地买来许多大象，并经专人训练，组成一支特种兵——大象队。正当双方杀得难解难分之际，李定国命令大象队上阵参战。

14. 当时正遇雷雨，这些庞然大物在电闪雷鸣中一哄而上，搅得敌阵大乱。

15. 李定国挥军奋勇冲杀。清军尸横遍野，狼狈溃逃。

16. 孔有德奔回桂林闭城防守。李定国趁热打铁昼夜围攻桂林。

17. 城中人心浮动，孔有德部将允成秘密投诚，射书城外，指示登城道路。

18. 李定国按允成所示，用援梯登城，向守城清兵发起猛攻，清兵溃散。孔有德走投无路，遂举火自焚而死。此役使清王朝大为震动，对孔有德全军覆没发出“不胜痛悼”的哀号。

战 例

诸葛亮重地刈麦战司马

编文：汤 洵

绘画：徐有武 张 英 袁 峻

原　文　重地则掠。

译　文　深入重地，就要掠取粮秣。

1. 蜀建兴九年（公元231年）二月，诸葛亮再次出祁山（今甘肃礼县东北祁山堡），第四次伐魏。

2. 这时，魏大司马曹真有病，明帝曹叡命司马懿率领张郃、费曜等大将带兵西进，抵御蜀军。

3. 司马懿命部将费曜、戴陵留精兵四千守上邽（今甘肃天水）。

4. 司马懿自统大军西救祁山，命张郃为先锋。

5. 司马懿率军到达祁山时，却只见诸葛亮留下的部分军队。诸葛亮已自率主力北上接近上邽。

6. 魏军上邽守将费曜等闻诸葛亮兵至，便出兵迎战，被诸葛亮杀得大败。

7. 诸葛亮已深入敌境腹地，距蜀地遥远，而且交通不便，虽已采用木牛（一种人力车）运送军粮，但因督运粮食的李严失职，军粮迟迟未到以致接济不上。

8. 上邽位于渭水流域，俗称陇上，周围一片良田。此时正值麦熟时节，田野一片丰收景象。

9. 诸葛亮向来军纪严明，不准侵扰百姓。部属请示是否可以收割当地的粮食以作军粮。

10. 诸葛亮道：“孙子曰，重地则掠，也就是说深入敌军腹地，粮草不继，可以向当地收割粮食而自给。”

11. 蜀军争先下田收割粮秣，魏守军新败，不敢出战。眼睁睁望着蜀军将城外的粮食全部运走。

12. 司马懿在祁山未遇诸葛亮主力，便置祁山之围于不顾，立即率大军奔救上邽，与诸葛亮主力相遇于上邽东。

13. 司马懿见陇上之麦全被诸葛亮收割，虽感心痛，但由此得知诸葛亮运输日难、粮食不继。眼下虽有陇上之麦可暂救燃眉之急，毕竟不能持久。因此采用凭险据守、坚不出战的方针，与蜀军对峙。

14. 诸葛亮求战不得，眼看抢收的粮食也快吃完，不得不引军向祁山方向撤退，期望以此调动魏军，寻找战机。

15. 司马懿率军尾随诸葛亮的部队至卤城（今甘肃天水西），先锋张郃请战，司马懿不许。

16. 司马懿部下诸将均感不满，背后议论他“畏蜀如虎”。司马懿于五月初发兵与蜀军交战，大败，伤亡士兵三千余，损失辎重无数。

17．魏兵急退，司马懿仍然采取坚守对峙之策。诸葛亮见一时攻打不下，又苦于粮食困难，只得退兵还蜀。

18. 魏大将张郃率军追击，至木门（今甘肃天水西南）遇到蜀国伏军，中箭而死。这次诸葛亮出兵虽未实现原定目标，但由于采用了“重地则掠”的策略，粮食尚可维持，因而还取得了一些局部性的胜利。